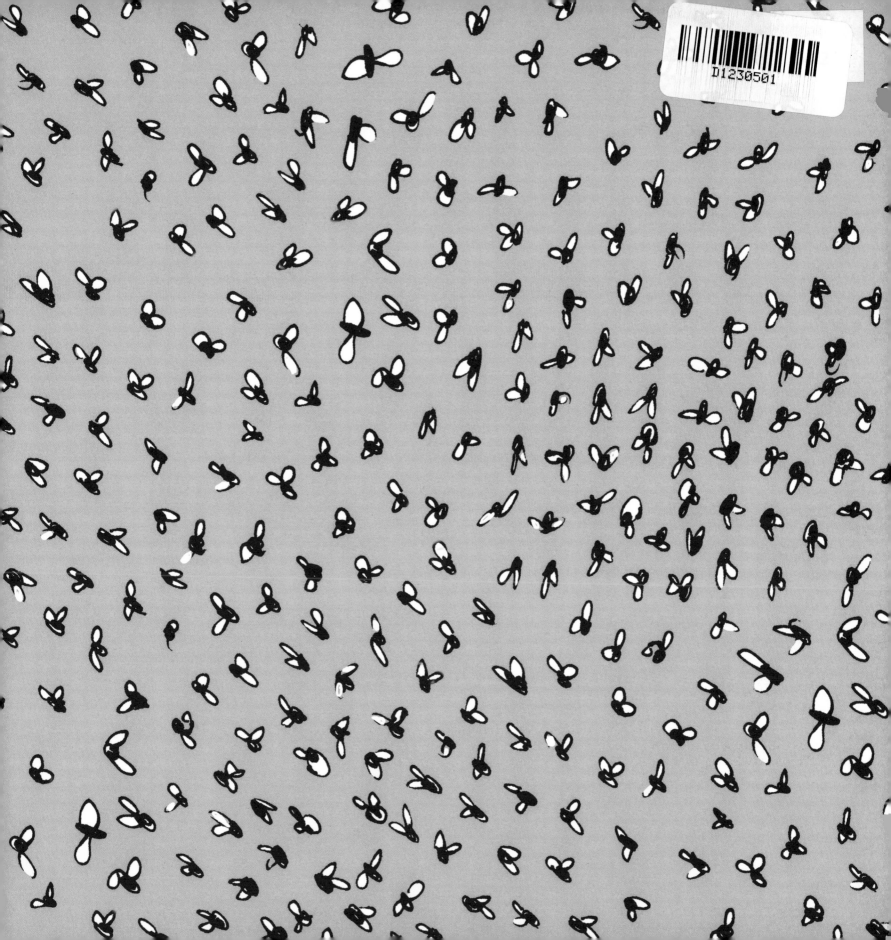

Para mis queridos amigos: Margarita Londoño,
Fabio y Marcela, Jairo Buitrago, Enrique Lara,
Carlos Riaño y todo el grupo Sancocho.

Gusti

¡Esta caca es mía!
Colección Somos8

© del texto y las ilustraciones: Gusti, 2020
© de la edición: NubeOcho, 2020
www.nubeocho.com · info@nubeocho.com

Primera edición: enero 2020
ISBN: 978-84-17673-87-1
Depósito Legal: M-38210-2019

Impreso en Portugal.

¡ESTA CACA ES MÍA!

Escrito e ilustrado por Gusti

Como cada mañana,
Paco fue al jardín
y depositó un regalito.

Paco no imaginaba la terrible historia que su regalito
iba a desencadenar…

Lola, una mosca muy zumbona,
dio un par de vueltas en el aire y,
sin pensárselo, aterrizó en la cima
de la gran montaña.

Con aires de mosca conquistadora,
clavó su bandera.

—Yo, Lola, la mosca zumbona,
declaro: ¡esta caca es mía!

Lola sintió que ahora su vida era perfecta, magnífica, plena y maravillosa.

—¡Soy feliz! —exclamó.

Tan contenta estaba que no vio acercarse a otra mosca con muy malas intenciones.

La mosca dio un par de vueltas y aterrizó en la montaña.
Miró hacia un lado y hacia el otro y, con total desparpajo, dijo:

—Yo, Fiona, la mosca más gandula y chillona, declaro:
¡esta caca es mía!

—¡Ni hablar! —dijo Lola—. ¡Yo llegué primero
y esta caca es mía!

—¡Pamplinas! —exclamó Fiona—. Esta caca es…
¡CHOFFF! No había terminado la frase cuando un
tremendo cacotazo le dio de lleno en la cara.

—Si quieres guerra, ¡la tendrás! —gritó Fiona.

Las moscas comenzaron una extraña danza: pisotearon
la caca con fuerza, haciendo un ruido ensordecedor con las alas.

Así es como las moscas se declaran la guerra.
La gran batalla había comenzado.

La mosca Lola y la mosca Fiona utilizaron
todas sus artimañas y habilidades.

Solo una sería la ganadora.

Estaban tan concentradas en
la pelea que no se dieron cuenta
de que se hacía de noche.

Todo el mundo sabe que a las moscas les gusta dormir, así que hicieron una tregua; trazaron una línea blanca por la mitad de la caca, para que ninguna pudiera cruzar al otro lado durante la noche.

Así pasaron las horas, y las moscas, desconfiadas, no dejaron de vigilarse. ¿Y si una decidía pasarse al otro lado y romper el pacto?

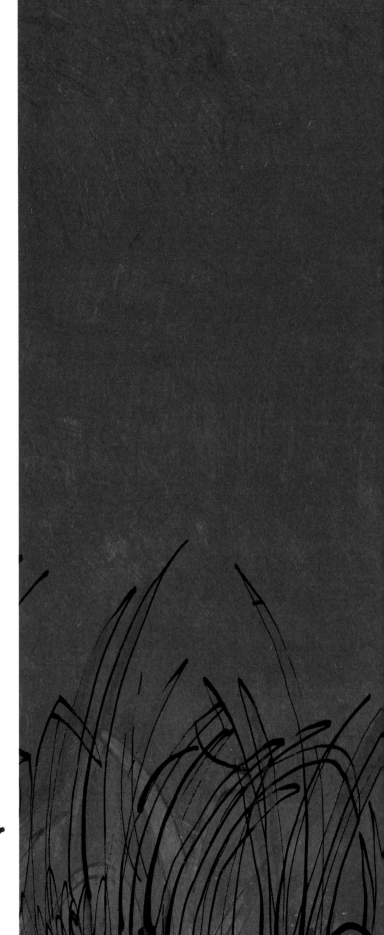

Al amanecer, Lola y Fiona estaban tan cansadas
que no les quedaban fuerzas para pelear.
Y además, se dieron cuenta de que había
suficiente espacio para las dos.

Pero en ese momento, la tierra comenzó a temblar…
Una sombra gigantesca se acercó a la gran caca.

Como cada mañana,
Pedro el jardinero salió
a regar las flores del jardín.

Lola y Fiona terminaron juntas…
¡en el hospital!

Al final se hicieron amigas y
prometieron que la próxima
vez dirán…

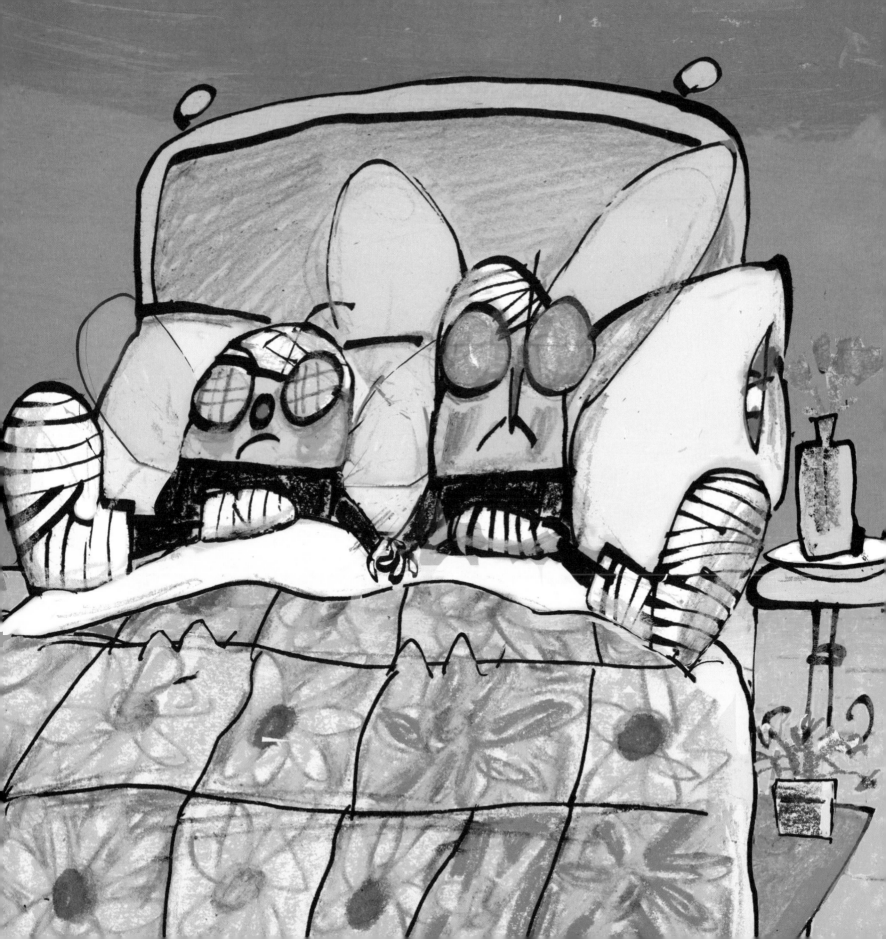

¡ESTA CACA ES NUESTRA!

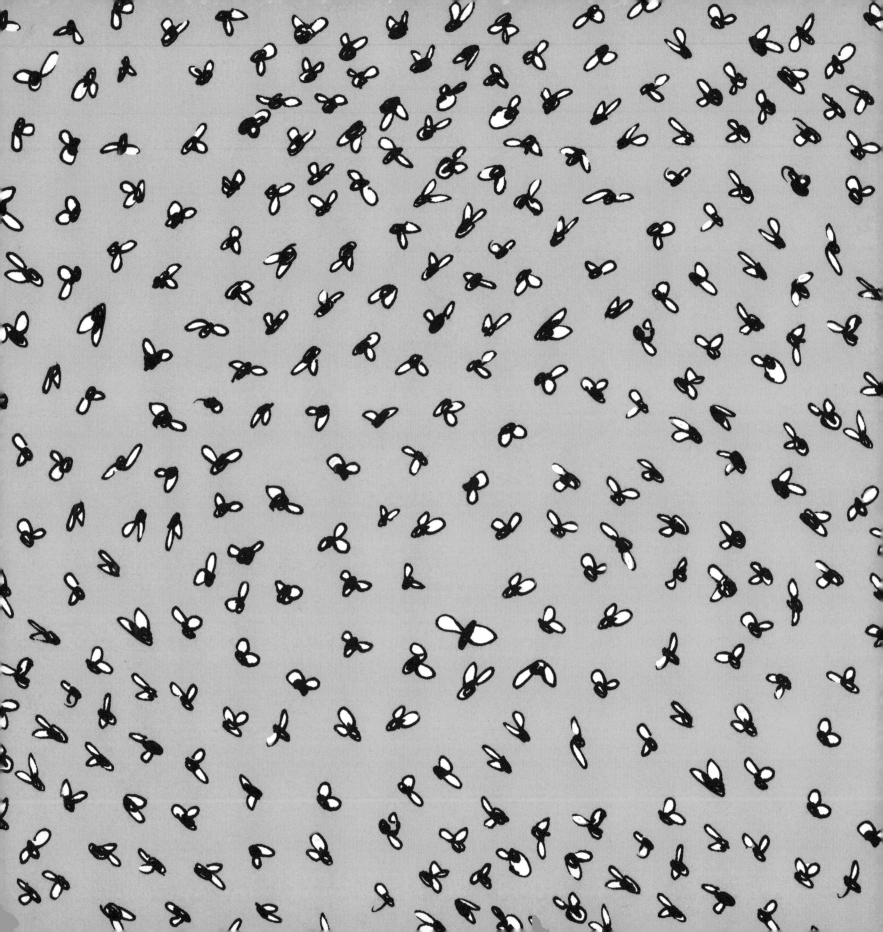